L'APOCALYPSE

OU REVELATION DE SAINT JEAN

MISE EN VERS FRANÇOYS

Avec les deux premiers Pseaumes de David
l'Oraison dominicale en langue d'Albigez
et autres belles choses

PAR

AUGIER GAILLARD

RODIER DE RABASTENS EN ALBIGEZ.

A TVLE
PAR ARNAUD DE BERNARD
1589

L'APOCALYPSE

OU

REVELATION DE SAINT-JEAN

PAU. — IMPRIMERIE ET LITHOGRAPHIE VERONESE
Rue des Cordeliers, Impasse la Foi

L'APOCALYPSE

OU REVELATION DE SAINT JEAN

MISE EN VERS FRANÇOYS

Avec les deux premiers Pseaumes de David
l'Oraison dominicale en langue d'Albigez
et autres belles choses

PAR

AUGIER GAILLARD

RODIER DE RABASTENS EN ALBIGEZ.

A TVLE
PAR ARNAUD DE BERNARD
1589

Extrait du BULLETIN *de la Société des Sciences, Lettres et Arts de Pau*
2e série, t. 3, p. 22-44.

Tiré à 50 exemplaires avec portrait photographié.

AUGIER GAILLARD

ET SA TRADUCTION DE L'APOCALYPSE

Communication de M. SOULICE, bibliothécaire de la ville de Pau.

Je désirerais signaler à la Société l'existence d'un livre inconnu jusqu'à ce jour et dont l'auteur, jadis presque célèbre, avait acquis droit de cité en Béarn dans un siècle où les souverains de ce pays tenaient à honneur d'assurer un asile à quelques victimes illustres des persécutions religieuses.

Je n'ai pas l'intention de retracer ici la vie d'Augier Gaillard ; sa biographie est assez connue et aucun détail nouveau ne ressort de l'œuvre dont je m'occupe. Le séjour plus ou moins prolongé que ce poëte a pu faire dans nos contrées n'est pas, du reste, son seul titre pour mériter notre attention. Voulant sans doute reconnaître l'hospitalité qui lui était offerte, il avait composé, si nous devons en croire le P. Le Long (t. 3, n° 37,665), une *Description du château de Pau et des jardins d'icelui (avec la merveilleuse propriété de la fontaine de Salies en Béarn, laquelle produit du sel aussi blanc que neige) et la description de la ville de Lescar*. Aucun exemplaire de cet opuscule ne paraît subsister actuellement ; sa perte est assurément regrettable pour notre histoire ; mais il me semble que nous pouvons encore ne pas la considérer comme définitive, en présence du hasard inattendu qui nous a restitué une œuvre dont le titre même ne nous était pas parvenu.

La traduction de l'Apocalypse en vers français est, en effet, restée ignorée des bibliographes et des biographes les mieux renseignés. M. de Clausade, un érudit qui s'est donné la tâche de réunir les œuvres du Rodier de Rabastens, ne cite pas cet ouvrage dans la préface du recueil publié par lui en 1843. Je crois utile de reproduire ici, telle que je l'ai donnée récemment dans la *Revue de Gascogne* (1873, p. 431), la description bibliographique des feuillets que j'ai entre les mains. :

Le livre porte pour titre :

L'Apocalypse // ou revelation de // saint Jean, mise en // vers francoys. // Avec les deux premiers Pseaumes de Da // uid, l'oraison dominicale en langue // d'Albigez, et autres belles choses // par Augier Gaillard, Rodier de Rabastens // en Albigez // Au roy de Navarre // Tome second // A Tule // par Arnaud de Bernard // 1589.

Le format est un très-petit in-8° de 115 millimètres de hauteur mesurés sur la justification, la marge ayant à peu près disparu à tous les feuillets. Le filigrane du papier est une main gantée surmontée d'une couronne. Le fragment en ma possession ne contient que le titre et les 30 premières pages non numérotées.

Voici le contenu de ces 32 pages : p. 1 le titre, au verso se trouve le portrait de l'auteur, un peu différent de celui reproduit par M. de Clausade ; viennent ensuite : pp. 3-4, Epitre *Als Ligeires*, en vers patois ; pp. 5-10, Epitre au Roi de Navarre, également en vers patois ; pp. 11-12, vers français à la louange d'Augier Gaillard et signés D. de Mallortye ; pp. 13-16, Epitre aux lecteurs, en vers français ; p. 17, *Pregari à Diu ;* pp. 17-20, Psaumes 1 et 2 en vers patois ; p. 22, l'Apocalypse ; la page 32 se termine par les trois premiers vers du chapitre IV.

D'après ce que l'on connaît des œuvres d'Augier Gaillard, on sait que ce poëte n'allait pas ordinairement chercher ses inspirations dans les livres saints et M. de Clausade n'a reproduit dans son recueil qu'une seule pièce ayant un caractère religieux : la traduction du psaume 1er que nous retrouvons en tête de l'Apocalypse. Augier usait largement d'une excuse qu'il avait pris soin de formuler lui-même dans ces vers :

Car que me serbirio de m'appela Gaillard
Et que ieu n'uzes poun de qualque gaillardiso.

L'Apocalypse nous fait connaître son auteur sous un jour auquel ses précédentes productions ne nous avaient pas habitués. Nous devons à la vérité d'ajouter que les convictions religieuses paraissent être pour peu de chose dans le choix du sujet auquel le poëte s'est arrêté. Augier composait pour vivre, et l'épître dédicatoire au roi de Navarre nous explique les raisons qui l'ont amené à renoncer à son genre habituel pour se consacrer à une

production plus sérieuse. Jaloux de la gloire de Du Bartas et désireux de partager les faveurs que lui accordait le roi, Augier nous raconte qu'il fut trouver Du Plessis pour lui demander conseil. Celui-ci lui répondit que le roi s'intéressait peu aux poetes qui écrivaient des fadaises et des chansons et il l'engagea à choisir un genre plus noble. « Le roi, ajouta-t-il, hait les flatteurs, il con-
« naît le Dieu du ciel et n'a que faire d'écrits qui ne soient saints
« et beaux; cherche donc dans la Bible quelque sujet sérieux, si
« cela t'est possible et tu verras alors la faveur du roi se tourner
« de ton côté. »

Le projet sourit au poëte ; il abandonna son idée de mettre en vers l'histoire de son temps, de peur de mécontenter quelques personnes, et s'empressa de choisir l'Apocalypse, révélation, remarque-t-il, dans laquelle saint Jean s'adresse aux grands comme aux petits et qui n'offre pas matière à la flatterie.

En terminant cette épitre, Augier affirme au roi qu'il ne lui demande rien, car il n'est besoin de rien demander à un roi libéral ; il se borne à lui dire que, s'il a pris la peine d'écrire selon Dieu, c'est uniquement parce qu'il voulait être son favori, comme l'était Du Bartas. C'était là une forme de requête indirecte qu'Augier Gaillard ne choisissait pas toujours ; rien ne nous fait connaître si elle fut couronnée de succès.

Je n'ai pas à juger ici le mérite littéraire du poéte. Il paraît avoir joui d'une grande vogue parmi ses contemporains puisque ses livres, de son propre aveu, se vendaient mieux que la Bible et les Psaumes. Nous retrouvons un écho de cette faveur dans l'éloge signé D. de Mallortye qui précède immédiatement l'épitre aux lecteurs.

A côté de l'intérêt que ces fragments peuvent avoir pour l'histoire littéraire du temps et la biographie d'Augier Gaillard, ils offrent encore matière à plusieurs observations que je ne dois point passer sous silence.

La mention *tome second* placée sur le titre, peut étonner tout d'abord, car les matières contenues dans ce volume sont plutôt celles qui figurent dans un tome premier que dans un deuxième. Il serait peut-être juste de penser que cette indication se rapportait à une édition des œuvres complètes d'Augier, dont la traduction de l'Apocalypse formait le second volume.

Le titre indique également que le volume a été imprimé à Tulle, par Arnaud de Bernard, en 1589. Or, la plus ancienne production typographique connue, provenant de presses établies en cette ville, est datée de 1625 (1). Devons-nous, sans plus ample examen et sur la foi d'une indication unique jusqu'à présent, faire remonter jusqu'à 1589 l'introduction de l'imprimerie dans le chef-lieu de la Corrèze? Je ne le pense pas. L'édition des *Obros*, parue en 1579, avait attiré à son auteur quelques démêlés avec la justice. Augier pouvait craindre que ses ennemis ne poursuivissent sa traduction, non plus cette fois à cause de la légèreté du sujet et de la crudité des expressions, mais sous prétexte d'hérésie et il se pourrait qu'il eût indiqué un imprimeur imaginaire pour dérouter les recherches. Cependant dans son épître au roi de Navarre, il cite lui-même Tulle comme lieu d'impression de son livre et M. Clément-Simon, auteur d'une bibliographie limousine encore inédite, nous affirmait récemment que le nom de de Bernard était commun à Tulle à l'époque où vivait Augier Gaillard et qu'il y est porté, encore de nos jours, par plusieurs familles. La découverte de quelque document plus affirmatif viendra peut-être dissiper tous les doutes. En attendant, j'ai cru intéressant d'exposer la question telle qu'elle se présentait actuellement, en laissant aux érudits qui font de l'histoire du Limousin leur étude particulière le soin de l'approfondir et d'y apporter une solution.

(1) *Traité de la dyssenterie qui a eu cours ceste année 1625*, par maistre Anthoine Maynard, docteur en medecine. — A Tulle, par Anthoine Sol, 1625, in-12 (Note de M. Clement-Simon : Comp. Deschamps. *Dict. de géographie*, art. *Tutela*.

L'APOCALYPSE MISE EN VERS FRANÇOIS.

ALS LIGEIRES (1)

Tout home quentrepren de fa calque labour
El deu toutiour prega pus leu nostre seignhour,
De cal mestié que sio, amay lou que compauzo :
Car ses l'aido de Dieu lou nou pot fa grant cauzo,
Per aqo quant à my, ieu souy daquel auist
De prega Dieu al noum de son filh Iesu Christ
Aissi purmieromen de bon cor, que ly plassio
De me voulé conduire, et de me fa la grassio
Que ieu pesquo sorti daquest petit labour,
Que sio tout à sa glorio, amay à son hounour.
Mas coumo ieu nez pon l'esperit, ny serbelo,
Per tira de mon cap calque pregario belo,
Que serbigues à touts d'un edifiqassieu,
De Iesu Christ vau metre aissi son ourrassieu :
Car touto cauzo ques à l'home nessesario
Nous demandan a Dieu per aquelo pregario,
Et ses ne rédousta, ny metre ny boussi,
En lengo d'Albiges metre la vau aissi :

Nostre bon Paire, quets amon,
Santifiqat sio vostre nom,
Vostre vouler tant sant et bel
Sio fah en terro coumo al sel :
Et que lou vostre regne vengo,
Amai tanbé que vous soubengo
De nous douna, nostre seignhour,
Lou nostre pa de quado iour.
Et perdounats nous nostros fautos,
Coumo nous perdounan las autros,
Et que nou voulgats pon permetre
Quen tentassieu nous laissen metre :
Mas que del maubés el vous plassio
Nous delieura per vostro grassio :
Car a vous es lou regne, et glorio
Per tout iamay, et la victorio.

(1) En reproduisant ces quelques pages, nous avons scrupuleusement respecté l'orthographe du texte.

A Très haut, très puissant
et magnanime prince
Le Roy de Navarre,
Augier Gaillard son très-humble serviteur. Salut.

A vous Rey, quets amic de rimos que son santos,
Et fort gran enemic de las que son maisantos :
Et sabets enaqué ieu o ey conogut
Pr eso que del Bartas es de vous pla vengut
Milhou que nes Ronsard, ni cap d'autro persouno
De poueto, que nescrieu calque cauzo de bouno.
Et ieu vesen que vous laymats tan grandomen,
Acauso quel escrieu toutiour diuinomen,
Ieu me souy retirat peis a Mousur du Plessi,
Et li disi, Mousur, que caldrio que ieu fessi,
De mousur del Bartas, que sio tant fort aymat
Del bon Rey de Nauarro, et tan fort estimat;
Et quand ieu lou vau veyre, el me tourno la fassio :
Helas mon grand amic, ieu vous preguy de grassio
De me voule donna qualque petit consel :
Que pouirio ieu escrieure, afi d'estre aymat del?
El me dissec, Augier, lou Rey aimo tout poble,
El aymo del Bartas, et tout rimayre noble :
Mas los pouetos que fan fadesos et cansous,
Lou Rey nouls aymo ges en degunes faissous.
El te cal donques fa calque causo gentilo,
Se sabios qu'en prenguec al sot poueto Cherilo,
Entre tu et Ronsard, et tout poueto ques vieu,
Nou flatariats lous grans, sinon que selon Dieu :
Cherilo en sous escritz disio comme un calandre,
Et fasec un liurel per lou grand Alexandre :
Et se pensabo quel lou trouuesso fort bel,
Car el per sous escrits lou metio pres del cel.
Alexandre vesen quel poueto lou vantabo
So ly semblabo trop, et quand el lou flatabo,
El foutec courrousat fort a l'encontre del,
Qu'en loc de ly douna qualque escut del solel,

Quand lou vesio flata aytal de la manieiro,
Son libre fec ronsa et el dins la riuieyro :
Augie ta vertat es coumo nous em aissi,
Car el nou voulio poun estre vantat boussi.
Aytal tout noble Rey tous los pouetos vantaires
El hays grandomen, et lous que son flataires ;
Tu sabes que lou Rey counoys lou Dieu del cel,
El na que fa descrich quel nou sio sant et bel.
Per aquo donc, Augie, sel tes causo possiblo,
Serque calque soubget que sio dedins la Biblo,
Se tu vos estre aymat coumo aquel del Bartas :
Car lous pouetos menteurs lou Rey nouls aymo pas.
Sire ieu ey troubat fort magnific son dire,
Et tout incontinen me souy mes a traduire
Lou plus brabe subget qu'en escrich nous aian,
Ques la rebellatieu que ressebec sant Iean :
De Christ per ung angel a Iean fourec trameso,
Et Dieu a permetut qu'en versses ieu ley mezo,
Ses nabé res tirat, ny may res aiustat,
Per la dedya peis a vostre maiestat,
Perso que la dedins y son tous Reys et princes,
Et los plus grans del moun, tabé toutis los minces.
Là sant Ian pel voler de Dieu de paradis
Nou flato poun lous grans : car la vertat el dis
A toutis lous qui son sur la mar et sur terre,
Et là son condannats lous qu'à Dieu fan la guerre.
O que vous ets hurous, aso qu'en vesi ieu :
Car vous ets eslegit de la part del bon Dieu,
Et vous a couronat, el a fort longue pauso,
Et mes lou sceptre en ma, per deffendre sa causo,
Coumo lou rey Dauid fasio quand ero vieu :
Et vous tenets son reng per lou voler de Dieu.
A prepaus de Dauid ung pareih de sous Psalmes
Ey traduits en ma lengo : et Dieu bèlcop de rialmes
A Dauid prometio, et ly dabo consel
Coussy sous ennemics fugirion deuant el :
A tanto de vertut a lou bon Dieu enquaros,
Et tanto de bontat et force coumo alaros.

Sa forso ny bontat nou demesis iamay :
Per aquo noble Rey, vous creyrets se vous play,
Que mas que vous agiats en Dieu vostro fisanso,
Coumo lou rey Dauid vous aurets la puissanso :
Se vous fasets bou Rey so que nostro Dieu vol,
Vous ets per acabla lou Turc et l'Espagnol,
Amay toutis aquels que fan a Dieu la guerro,
Dieu lous fara fugy que nauran pas prcu terro.
Vous sabets noble Rey milhou que nou pas ieu,
Que la forso des grans no vé sonque de Dieu :
Et nous vezen de gens paures et miserables
Que laisson Diu pel bé, et sen van drech al diables.
Mas que nou seruira de gaigna tout lou moun,
Que peysos a la fi a Dieu on n'ane poun ?
Que seruira lou bé, ny la daurado cappo,
Si peyssos a la fi lou diables lous arrapo ?
Daquelo Apocalypso, o la rebellatieu
Ieu nou disy pas ré de son explicassieu,
Mas que tan solomen mout a mout lay traduichio.
Tout un ny plus ny mens coumo Sant Ian la escricho :
Despeyssos que ieu més ny ey res, ny doustat,
Lon dire nou pot pas que per my sio gastat :
Vertat es quel calio mettre en riman dos linos
De femellos, et peys aprop dos masculinos.
Mas el nes pas possible a rimaire del moun,
Vesen que d'ousta res ny mettre ny cal poun.
Car al fons, noble Rey, ieu vous pody promettre
Quel nous es deffendut den d'ousta res, ny mettre ;
Vous pregan humblomen do prene de ma ma,
Aros peis que Dieu vol que ley fah emprima
A la vile de Tule enso de l'imprimaire,
Et ieu serey toutiour vostre petit rimaire :
Et lon ne veyra poun dins aissis en ligen
Que ieu per mons escrits vous demandy d'argen.
Ieu ne demandy poun argen ny benefici,
Ieu ney sonque desir de vous faire servici.
Que ieu Augie Gaillart nou nagio gran beson,
Si ay bé may que na pas poueto de tout lou moun :

Mas que iamay pus ieu nou serey demandaire.
Car me soube d'un tour que me iouguec mon paire :
Un iour ieu ly disio, mon paire, dous testous
Vous me deuriats douna per crompa sabatous :
Mas el me respondec, Ieu lous t'aurio donadis,
Mas tu nouls auras pas, quand los mas demandadis.
Per aquo, noble Rey, aquo m'a degoustat
De demanda dargen a vostre maiestat.
Dedins mon autre libre al Rey vostre bel fraire
Demandy cent escuts : mas ney auansat guaire,
Et beleau lou bon Rey el lous me volio da,
Mas quan me souy soudat de lous ly demanda,
Per aquo de mon mal nou cal que ieu me planguio :
Car qui se soude trop, de trop caut el ne mangio.
Per aquo donques ieu me voly commanda :
A ung Rey liberal nou cal ré demanda.
Ieu nou demandy res, mon Rey, mas quel vous plassio
Que ieu sio calque pauc a vostre bouno grassio,
Coumo aquel del Bartas : car vous vesets que ieu
Me souy un pauc penat d'escrieure selon Dieu,
Per tal que fauorit ieu voldrio de vous estre,
Coumo ledit Bartas, ques lon tems a mon mestre.
Pregan lou Dieu del sel que vous a couronat,
Que vous en toutis locz siatz presat, honorat :
Et que viscatz en patz dels ans uno centeno :
Que Dieu vous velgo da d'enfans uno vinteno,
Per tal de vous seruy quand un iour seretz viel,
Et que touts a la fi siats couronats al sel.
Vostre vailet fort houmble, et fort obeyssent,
Et vostre bon soubget poeto fort inoucent.

Ni l'enchanteresse corde,
Que ce grand Thebain sonneur,
En cent divers tons accorde :
Ni ce qu'eurent oncq d'honneur,
Pyndare, Homere, Tibulle,
Properce, Ouide, ou Catulle,

Ni ce que ce Vandomois
Tonne par son influence,
Auger, n'ont telle éloquence,
Qu'ung doux stile de ta voix.
Cestuy à larmes plaintifues
Souspirera tous les iours,
De ses voluptez lascifues
Les impudiques amours :
L'autre flateur ne remarque
Que la vertu d'un monarque :
L'autre encore montant plus haut,
Et laissant là son Mœcene,
De la Thraciene scene
Ensanglante l'eschafaut :
Leurs paroles empoulées
Semblent à des bulles d'eau,
Ainsi qu'elles boursouflées,
Sans subiect ni bon ni beau.
Tu me plais bien davantage,
Quand, Auger, d'un pur langage
Tu metz en rime la voix
De Sainct Iean, et ses merveilles,
Pour les chanter aux oreilles,
De notre peuple Françoys.

D. DE MALLORTYE.

AUX LECTEURS.

A vous tous amateurs des Escritures saintes,
Hommes ieunes et vieux, filles, femmes enceintes,
Escoutez tous ici qui estes soubz le ciel,
Dessus mer, et sur terre au monde uniuersel,
La reuelation que Sainct Iean a escrite,
Icî fidellement en vers par moy traduite.
Je vouloie mettre en vers l'histoire de ce temps :
Mais peut estre que tous n'en seroient pas contens.

J'ay donc prins un suiet de la Saincte Escriture,
Qui ne respecte aucune humaine creature :
Car les gens de ce monde et gens d'auctorité
Se fachent si quelcun leur dit la vérité.
Mais ils verront ici Saint Iean l'Euangeliste,
Qui ne respecte aucun Huguenot, ni Papiste
En son Apocalypse, ou reuelation,
Il dit la verité à toute nation.
C'est la cause pourquoy en vers ie l'ay traduite,
Suivant le mesme sens que saint Iean l'a escrite.
Elle condamne là les plus grands, et les Rois,
Et toutes autre gens, et moy ie n'ozerois.
Lon ne sçait aucun grand, que s'il a quelque tache,
Si quelcun l'en reprend, incontinent se fasche :
Mais lisez s'il vous plaist, et vous verrez comment
Saint Iean à tout le monde parle ici librement.
Beaucoup de gens diront que ie suis trop mal sage
Pour avoir mis en rime un si obscur ouvrage,
Et que mon sens ici ne devois appliquer,
Veu que telle matiere on ne peut expliquer :
Et que cet œuure ici pour certain ne merite
Par le sens d'un charron auoir esté traduite.
Ceux qui diront cela sont quelques reuasseurs,
Car ie leur nommeray de braues rimasseurs,
Qu'en leur commencement estoient sots comme bestes,
Et furent à la fin fort excellents poëtes :
Et leur pere, artisan estoit comme le mien,
Selon ce que i'ay leu et si pauvres de bien.
Le sçavoir d'un poëte et sens d'un philosophe
Ne gist tant seulement en biens ny en estoffe :
I'ay trouué que Virgile estoit fils d'un potier,
Mais en fait de poësie entendoit son mestier.
Car tous rimeurs latins lon dit qu'il les surpasse,
Un rimeur excellent, qu'on nomme Quint Horace,
I'ay trouué qu'il estoit fils d'un pauvre chasseur :
Et Theophraste estoit fils d'un repetasseur,
Mais en philosophie il vint grand personage,
Et les Atheniens dresserent une image

Pour un autre sçauant Menedemo nommé,
Lequel par son sçauoir estoit fort estimé :
Car en fait de poësie il fut fort magnifique,
Et n'estoit que le fils d'un pauvre mécanique.
I'en nommerois encor toute une infinité,
Desquels les peres estoient de basse qualité.
Donc ne me blasmez point, si Dieu m'a fait la grace
D'auoir traduit ceci, estant de pauure race :
Ceux qui blasment le pauure ilz sont mal aduisez
Car l'on sçait que les dons de Dieu sont diuisez.
Mon ayeul, bisayeul et mesme aussi mon pere
Estoient trestous charrons : et moy et un mien frere,
Lequel se ma lon dit est encore tout vif,
Au lieu de Rabastens là où ie suis natif :
Et l'on m'en a bany, sans leur faire domage,
Pour m'avoir veu manger en karesme un fromage.
Mais du banissement i'en ay fait mon profit,
Tout en mesme façon que Diogenes fit :
Car ceux de son pays par leur ingratitude
Le banirent, mais il s'adonna à l'estude,
Et à Philosophie : et ce banissement
Fut cause de son bien et son auancement.
Et moy i'ay fait ainsi : car, Lecteurs, ie puis dire
Que quand ie fus bany, ie ne sçauois pas lire,
Sinon que quelque peu ; ie n'estois qu'un rodier :
Mais ce banissement m'a fait estudier.
Ie n'auois de ma vie aucune rime faite
Et l'on voit maintenant que suis à demy poëte.
Mais si i'auois moyen ou quelque bon amy,
Ie le seroys du tout et non point à demy.
Ie le seroys encore, si i'auois à mon aise
La langue Latiale ou la langue Françoise,
Mais ie me fie fort que ce noble et bon Roy
En voyant mes escrits aura pitié de moy,
Et ne permettra point, moyenant qu'il le saiche,
Que ie gaigne mon pain auecques une hache.
Donc feray fin, Lecteurs, ici de cest escrit,
En priant le bon Dieu et son Fils Iesus-Christ,

Et m'excuserez trestous, si ie vous suis prolixe :
Et qu'il vous plaise aussi lire l'Apocalypse,
Et de ne dire point ce que tout meschant dit,
Qu'il faudroit que saint Iean ici bas descendit,
Pour nous bien faire ouïr les choses là escrites :
Ceux qui disent cela sont de vrais hypocrites,
Et terribles caphartz, et de meschans moqueurs :
Car les dicts de saint Iean ne sont pas tant obscurs.
Helas, ie l'enten bien, en parlant de la beste,
Et de tout Idolatre et de tout faux Prophete.
Lisez donc, mes amis, la reuelation,
Et verrez la dedans la condamnation
De tous meschants qui sont en ceste terre basse :
Et les bons à la fin verront de Dieu la face.

PREGARI A DIEV

O Dieu, que nou voulets que cap d'home perisqo,
Enquaros bé con sio qualque grant peqadou
Vous ne voulets mas quel vous demande perdou,
Et que sel es maissant, qu'el prest se conbertisqo :

Helas plassio vous donc que daisso ieu sortisqo,
Car ieu de fort bon cor vous demandy tal dou,
Per tal, bon Dieu, que my, amay touts entendou
Que per vostro paraulo el cal que se conduisqo.

Mon Dieu plassio vous donc de nous inlumina,
Per tal que touts pousquan drechiomen camina,
Et que fisablomen ieu pesqo metre en versses

La santo Apocalypso, o la rebelassieu,
Pertal que là dedins es la consolassieu
De touts lous que son bons, et lou mal dels perbersses

Pseaume I. *Beatus vir qui non abijt.*

Ben heurous es fort grandomen aquel,
Qu'an lous maisans nes unat al consel,

Et que n'amuzo al camy dels pequaires,
Ny no se sey sur lou banc dels moquaires :
Mas que son cor el a nostre seignhour,
Et ly soubé d'y pensa nech et iour.

Vn tal sera coumo vn gran albre bieu
Plantat al pé de calque fort belrieu,
Et que son fruch el porto en sa culhido,
Delcal sa ramo on non vech pas blazido :
Vng home tal hurous el sera fort,
Et son labour vendra tout à bon port.

Mas lous maisans vn tal gran bé n'auran,
Car a la pailho elis ressemblaran,
Ques fort menudo, et quel ben la ne porto :
Elz et lours fachs vendran daquello sorto.
Al urgiamen lous reprouuats traidous
Nou seran pas mesclats demest lous bous.

Car lou bon Dieu toutis lous bous el vech,
Et ly soubé de lour garda lour drech,
Et lour dara per toutiour recompenso :
Mas el n'aura deguno souuenenso
Delz que nou van lou drech cami de Dieu,
Elz et lour fach vendran en perditieu.

Psalme II. *Quare fremuerunt Gentes?*

Perqué la gens se mutinon tan fort?
Helas! coussi lou pople aital murmuro?
Coussi tan prest sou lous homes dacort
De fa complot aital a l'abenturo?
Perqué lous reys daquesto terro basso
S'abanssou tant, et sou daquel auist,
Et lous plus grans tenon consel amasso
Encountro Dieu, et son filh Iesu Christ,

Disen entre els, El bé nous cal trinqa
Lous cabestres, et tout autre courdatge :
Amay fort len de nous el qal fiqa
Tout aqo quels nous voulou fa doumatge,
Mas lou que fa sul cel sa demouransso,
Nou s'en fara sounque rire d'amon,
Senten lou Dieu q'a touto pouissansso
S'en truffara, que dels nou sen chiaut poun.

Et se ly play an aquels ostinatz
Tout courroussat sus els vendra defendre
Et lous rendra tout d'vn cop estounatz
An sa furour, ques grandomen a crendre.
Et lour dira, doun vé talo entreprezo,
Countro moun filh perque groundino lon ?
Ieu ley sacrat, sa courouno el a prezo
Sus mon sant loc, montanio de Syon.

¶ ¶ ¶

Et ieu que souy lou Rey quel a escrich
Anousarey la sentenssio qu'a dado :
Tu es mon filh, so ma lou Seignhour dich,
Engendrat tey anaquesto iournado :
Demando me, et per ton eritatge
Soutgietz a tu rendrey touto nassieu,
Et tout lou tourn, enquaros dabantatge
De terro auras per la tio poussessieu.

Septre de fer pourtaras en ta ma,
Per lous dounda, se tu veses que falhou :
Et s'el te play lous pouiras asouma
Coumo de so que lous oulhés trebailhou,
Per aqo, Reys, et autres persounatges,
Que sus la terro abets coumandomen :
Escoutats dounc et debenets pus satges,
Daissis en là vibets pus santomen.

Lou Seignhour Dieu dounqos vous serbiretz
Et tacharetz toutiour de ly coumplaire :
Et del grant gauh touts vous reiouyretz
En tremoulan de paur de ly desplaire.
Bayats son filh d'vn amour fort entiero,
Qu'el courroussat nou sio trop grandomen,
Pertal que vous de la drechio qarriero
Nou sourtisqatz trop malhurousomen.
Car quant son iro elo saluqara
Touto d'vn cop per vza de vengiansso,
O que hurous sera l'home qu'aura
Fiquado enbel touto son esperansso !

FIN.

Atampla mettrio ieu toutis lous autres Psalmes
Coumo lous dous purmies en lengo d'Albigez :
Mas que las gens de Franso, amay dels autres Rialmes
Beleu de lous canta plazé ny pendrian ges.
Et sertos ieu medis troby cauzo maubezo
Dana lous mette en rimo en cap d'autro faissou
Quant vesen que Marot, amay Thedor de Bezo
Lous an fort pla fiquatz de la sorto que sou.

L'APOCALYPSE

OU REVELATION DE SAINT IEAN.

CHAP. I.

Saint Iean estant en l'Isle de Patmos, est admonesté d'escrire tout ce qu'il a veu.

La Reuelation de Iesus Christ, laquelle
Dieu luy donna pour dire à chacun sien fidelle
Les choses qui bien tost seront signifiées,
Et puis par un sien Ange il les a enuoyées
A Iean son seruiteur duquel Dieu s'est fié,
Lequel par sa parole il a testifié,

Et du saint tesmoignage aussi de Iesus Christ :
Et de ce qu'il a veu, du tout il a escrit,
Bien-heureux est qui lit, et tous ceux qui entendent
Les paroles d'ici, et tous ceux qui s'attendent
Aux choses qu'en escrit ici dedans lon voit :
Car la saison et temps pres de nous s'aperçoit.
Iean, aux Eglises sept qui estes en Asie
Paix et grace vous soit, et toute courtoisie
De par celuy qui est, estoit, et doit venir,
Et de par sept esprits qu'au throne il fait tenir,
Et de par Iesus Christ le fidelle tesmoin,
Premier d'entre les morts, qui tient tout en sa main,
Prince de tous les Roys, lequel nous a sauuez,
Et nous a de son sang de nos pechez lauez ;
Roys, Sacrificateurs nous a faits à son père,
A tout iamais Amen, à luy soit force et gloire.
Or le voici qui vient auecques les nuées,
Et ceux qui l'ont percé et toutes les lignées
De la terre, trestous de leur œil le verront,
Et deuant luy, Amen · ils se lamenteront :
Ie suis, dit le Seigneur, fin et commencement,
Qui estoit, et qui est, et viendra tout puissant.
Moy vostre frère Iean, et vostre compagnon
En toute aduersité et en affliction,
Au regne et patience en Christ i'estois en l'isle
Appellée Patmos soustenant l'Euangile.
Or ie fus en esprit vn Dimanche rauy :
Car vne grande voix par derriere i'ouy,
Comme d'une trompette, en disant : Le premier
Ie suis, et si seray, aussi tout le dernier :
Escri dans vn liuret tout ce que tu aduises
Et tu l'enuoyeras apres aux sept Eglises,
Qui en Asie sont Pergame, et Thyatyre,
Et en Smyrne et à Sarde, et à Philadelphie,
Et aussi à Epheze et à Laodicée :
Et moy ayant ouy telle voix prononcée,
Adonc ie me tournay afin de voir la voix :
Et m'estant retourné ie vey tout à la fois

Sept chandeliers tous d'or, et au milieu estoit
Vn qui le fils de l'homme habilé resembloit
D'vne fort longue robbe, et estoit ceint encor
Au droit de ses tetins d'vne ceinture d'or :
Comme nege estoient blancs son chef et ses cheueux,
Comme flame de feu auoit aussi ses yeux,
Et ses pieds ressembloyent à fin arain ardans,
Comme à vne fournaise ayant le feu dedans :
Et sa voix ressembloit au bruit de grosses eaux,
Quand assemblées sont auec plusieurs ruisseaux :
Et en sa dextre main sept estoilles portoit,
Vn glaiue à deux tranchans de sa bouche sortoit :
Et son visage auoit vne telle semblance,
Comme quand le soleil reluit en sa puissance.
Et tout incontinant que ie l'eus apperceu,
Comme mort à ses pieds incontinant ie cheu.
Il mit sa dextre main sur moy, en me disant
Ne crain : ie suis premier, et le dernier viuant.
Jay esté mort, et vis à tout iamais, Amen.
Ie tien les clefs d'enfer, et de la mort en main.
Escry tout ce qu'as veu, tout ce qui est aussi,
Et tout ce qui doit estre encor apres cecy :
En ma dextre tu as veues d'estoilles sept,
Et sept chandeliers d'or : en voicy le secret,
Car ie te dis ici qui sont les sept estoilles,
Sont sept Anges des sept églises des fidelles :
Et les sept chandeliers aussi que tu auises
Qui sont de fin or pur, ce sont les sept Eglises.

CHAP. II.

Exhortation à perseuerance, patiance et amendement. Jezabel.

En l'Eglise d'Ephese escri à l'Ange sien :
Cil qui d'estoilles sept tient en sa dextre main.
Lequel marche, et chemine au beau milieu aussi
Des sept chandeliers d'or, dit ces choses ainsi :
Tes œuures ie sçay bien, ton dueil, ta patience :
Car tu ne peux souffrir les remplis d'insolence,

Ceux qu'apostres se font tu les as esprouuez :
Mais ils ne le sont pas, menteurs les as trouuez :
Tu as patiemment souffert, pour auancer
Mon Nom, et trauaillé tu as sans te lasser :
Mais dire contre toy vne chose ie veus,
Cest que ta charité premiere tu n'as plus,
Parquoy souuienne toy là où descheu tu es,
Repens toy, et les faits que tu faisois, fay les :
Ou si ne te repens, à toy bien tost viendray,
Et le tien chandelier de son lieu ie prendray.
Mais tu as bien cecy : car tu hais les faicts
De tout Nicolaïte, aussi bien que ie fais.
Cil qui oreilles a, ce qu'annonce l'esprit
Entende maintenant ce qu'aux Eglises dit.
A manger ie donrray de l'arbre du milieu
De vie, à qui vainera, du Paradis de Dieu.
De l'Eglise de Smyrne à son Ange escri luy,
Le premier et dernier qui est mort est celuy
Qui encore est viuant, et qui dit en tel cas :
Tes œuures ie sçay bien, et le mal que tu as,
Et ta necessité : tu es riche, et ie voy
Le blasme que font ceux à l encontre de toy,
Qui se disent des Juifs : et n'est pas véritable :
Ains sont la Synagogue et la troupe du Diable.
Ne crain rien de cela, qui contre toy doit estre :
Car aucuns d'entre vous le diable les doit metre
En la prison, afin que soyez esprouuez :
Et tribulation par dix jours vous aurez.
La couronne de vie auras : sois donc fidele
Touiours iusqu'à la mort. Oye, qui a oreille,
Ce qu'aux Eglises dit l'Esprit : car qui vaincra,
Nuisance de la mort seconde point n'aura.
A l'Ange aussi escri de l'Eglise en Pergame,
Que cil qui a du glaiue à deux trenchans la lame
Dit aussi, Ie voy bien, et si cognoy tes œuures :
Car là où ha Satan son siege tu demeures.
Mais tu tiens mon saint nom, sans iamais renoncer,
Mesme du temps qu'on fit Antipas trepasser,

Mon fidele martyr qui a esté occis
Entre vous, là où est le grand Satan assis.
Mais i'ay bien quelque peu de chose contre toy,
C'est que tu en as là, lesquels tienent la loy
De Balam, qui monstroit à Balac vn fait tel
Qui seruait de scandale aux enfans d'Israel,
C'est assauoir afin que choses ils mangeassent
Offertes aux idoles, et que tous paillardassent.
Pareillement tu as parmi toy des folastres,
Que i'hay, pource qu'ils font comme les idolatres.
Repen-toy : autrement à toy bien tost viendray,
Et de mon glaiue aigu trestous les combatray.
Cil qui oreilles ha, ce qu'annonce l'Esprit
Entende maintenant, qui, aux Eglises dit,
A manger ie donray à celuy qui vaincra
De la manne cachée, et de moy il aura
Un caillou blanc escrit du nom que nul ne sçait,
Nouueau sinon à cil qui en foy le reçoit.
A l'Ange aussi escri de l'Eglise du lieu
De Thyatire, et luy di que le vray Fils de Dieu
Qui a l'œil comme feu, et a ses pieds aussi
Comme de fin airain, dit ces choses ainsi :
Tes œuures i'ay cognu, et ton loyal seruice,
Et ta grand' charité sans aucune malice :
Ta foy, ta patience, et tes œuures dernieres
Ie voy bien que beaucoup surpassent les premières.
Mais voy vn autre fait qui contre toy se dresse :
Tu permets Iezabel, qui se dit prophetesse,
Seduire mes seruans et faire paillarder,
Et de ce qu'est offert aux idoles manger :
Ie luy ai donné temps pour quitter son forfait,
Et sa grand paillardise : mais rien elle n'en fait.
Ie la mets donc au lit, et tous ceux-la qui font
Adultere auec elle : en grand tourment seront,
Si de leurs grans forfaits ils n'ont aucun remort :
Car aussi ie mettray tous ses enfans à mort.
Les Eglises sauront toutes par ma doctrine
Que suis cil qui les reins et les cœurs examine :

Et chacun de vous tous à la fin receura
De moy selon les faits lesquels faits il aura.
Mais ie vous di à vous qui restez en Thyatire,
Qu'à ceux qui n'ont point eu en eux selon leur dire
Vn tel enseignement si saint et veritable,
Ni mesme aussi cognu les profondeurs du diable :
Vous n'aurez point de moy autre charge mienne :
Mais gardez ce qu'auez iusqu'à tant que ie vienne.
Car celui qui vaincra, et mes faits gardera,
Par moy fort grand pouuoir sur les peuples aura,
Et les gouuernera d'une verge de fer :
Lesquels seront brisez comme vn pot de potier :
Et tout ainsi que moy ay receu de mon Pere,
Aussi ie luy donray l'estoile matiniere.
Cil qui oreilles a, ce qu'annonce l'Esprit
Entende maintenent ce qu'aux Eglises dit.

CHAP. III.

Il admonneste les Eglises de Sarde, Philadelphie, et Laodicée à vraye profession de foy, et à veilles.

Escri à l'ange aussi de l'eglise du lieu
De Sarde, Cil qui a les sept esprits de Dieu,
Les sept estoilles aussi, toutes ces choses dit :
Tes œuures ie cognoy : car de viure as le bruit,
Combien que tu sois mort : Veille donc et conferme
Le reste qui s'en va trepasser tout de mesme.
Car ie n'ay point trouué tes faits iustes deuant
L'Eternel, aye donc souuenance comment
Tu as oui et receu : garde-le, et te repens.
Que si tu n'es veillant, ie viendray en vn temps
A toy, comme vn larron quand il va desrober :
Et l'heure ne sauras que te viendray trouuer.
En Sarde tu as bien quelque petit de gens,
Lesquels encore n'ont souillé leurs vestemens,
Et qui auecques moy trestous chemineront
En leurs vestemens blancs car dignes ils en sont.

De tels vestemens blancs ainsi ie vestiray
Les vainqueurs, et leur nom iamais n'effaceray
Du liure plein de vie : et leur nom et louanges
Confesseray deuant mon Pere et ses saints anges.
Cil qui oreilles a pour ouir que l'esprit
Aux eglises annonce, oye donc ce qu'il dit.
Escri à l'ange aussi de l'Eglise qui est
En la Philadelphie, Que le Saint et le droit
Qui a de Dauid la clef, ouurant, et nul ne ferme :
Et qui ferme et nul ouure, parle a toy en ce terme.
Tes faits, dit-il ie voy : Deuant toy veux donner
Vn huis ouuert, lequel nul ne pourra fermer :
Pour ce qu'vn peu de force et de vigueur tu as,
Et qu'as gardé mes dits, mon Nom renoncé n'as :
Voici ceux de Satan qui Iuifs se vantent estre,
Et mentent faussement, ie mettray sous ta dextre :
Ils sauront que ie t'aime, et contraints ils seront
Par moy, tant qu'à tes pieds adorer ils viendront
Car mes dits as gardez et ma grand patience :
Aussi de te garder i'auray la souuenance
Quand la tentation au monde vniuersel
Viendra pour esprouuer ceux qui sont sous le ciel.
Voici ie vien bien tost : garde ta chose bonne,
A celle fin que nul ne prenne ta couronne.
Ie le feray colomne à celui qui vaincra,
Au temple de mon Dieu, et plus n'en sortira :
Puis en escrit sur lui ie graueray le nom
Souuerain de mon Dieu et sa sainte Sion :
Laquelle est de mon Dieu Ierusalem la neufue,
Qui des parts de mon Dieu du ciel est descendue,
Et de mon noueau Nom. Toy donc ce que l'esprit,
Escoute qui entens, aux sept eglises dit.
Escri aussi à l'ange de l'eglise du lieu
Des Laodiciens, Que le souuerain Dieu
Chef de sa créature, et fidele tesmoin,
Et le tout-veritable, voici que dit Amen :
Tes faits ie voy, car tu n'es ni bouillant ni froit :
Fusses tu l'un des deux, et mieux il t'en prendroit.

Mais ie te vomiray de ma boucho pourtant
Qu'es tiede, et tu n'es froid, ni mesme aussi bouillant.
Car tu dis, Ie suis riche, et opulent en bien,
Et pour autant dis tu, n'ay que faire de rien.
Mais tu es malheureux car tu n'as point cognu
Qu'es poure et miserable, aueuglé et tout nu.
Donc acheter de moy ie te conseillerois :
Or esprouué au feu puis riche tu serois :
Et des vestemens blancs pour te remettre en point.
Et que ta nudité ne s'apparoisse point,
Ni ta vergongne aussi, et qu'oignes tes deux yeux
Auecques vn collire, afin que voyes mieux.
Car ceux que i'ayme plus, ie reprens et chastie.
Parquoy pren zele et cœur repens toy de ta vie.
Voicy ie suys a l'huis qui frape maintenant :
Et si quelcun mon cry et ma voix il entend,
S'il m'ouure i'entreray, et souperay auec soy,
Et luy semblablement soupera auec moy :
Mais celuy qui vaincra, auec moy sera assis
Dessus le throne mien, ainsi comme ie suis
Car comme i'ay vaincu auec le pere mien,
Ie suis assis aussi dessus le throne sien.
Cil qui oreilles a ce qu'annonce l'esprit,
Qu'il oye maintenant, ce qu'aux Eglises dit.

CHAPITRE IIII

Vision de la maiesté diuine celebrée par les quatre animaux et vingt-quatre anciens.

Apres que tout cela fut à moy descouuert,
Ie regarday, puis vis au ciel vn huis ouuert,
Et la premiere voix qu'entendis estoit faite
. . . .
. . . .
. . . .

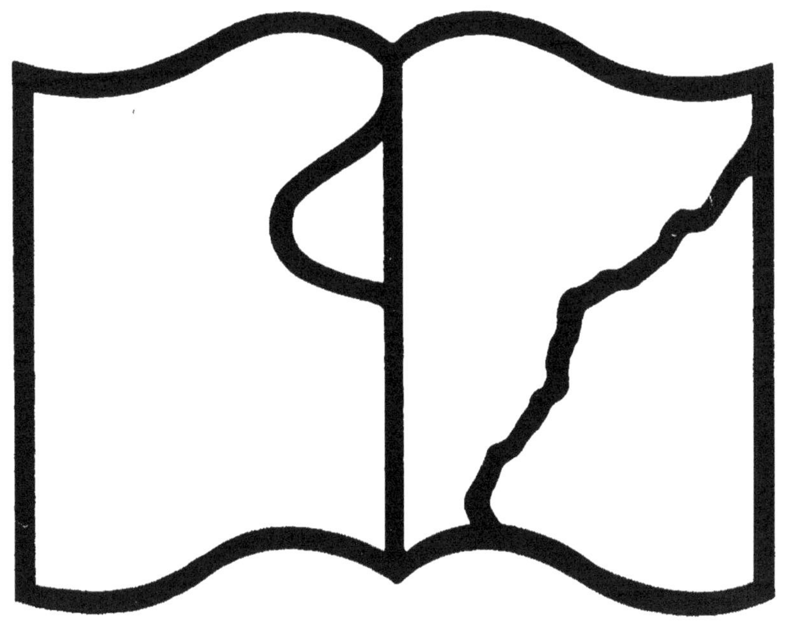

Texte détérioré — reliure défectueuse

NF Z 43-120-11

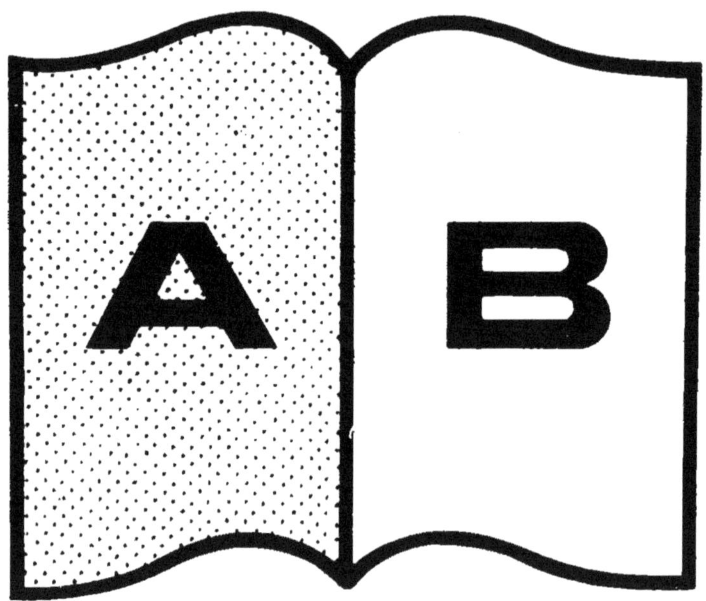

Contraste insuffisant

NF Z 43-120-14

www.ingramcontent.com/pod-product-compliance
Ingram Content Group UK Ltd.
Pitfield, Milton Keynes, MK11 3LW, UK
UKHW021036200726
13857UKWH00004B/1749